청소년 시선
001

나는, 그냥 내가 되고 싶어요

나태주

시집을 들고 있는 그대들 손이

시는 인간의 감정을 가장 아름다운 언어로, 그것도 짧고 간결하게 표현한 문장입니다. 문장 가운데 문장이라 할 수 있을 것입니다. 시는 산문 문장으로는 도저히 대신할 수 없는 특별한 점을 지닌 문장입니다. 말할 것도 없이 시가 우리의 감정을 다스려 주는 글이기 때문입니다.

의외로 인간에게 있어 사실이나 경험 못지않게 중요한 것은 감정입니다. 감정 때문에 우울하고 불안하며 만족하지 못하는 마음 또한 생기는 것입니다. 끝내는 불행이나 행복한 감정에 이르는 것도 감정이 시켜서 하는 일입니다. 그만큼 감정은 중요하고 감정을 다스리는 일은 더욱 중요합니다.

그런데 세상 어느 누구도 감정을 다스리거나 감정과 함께하는 삶에 대해서 가르쳐 주거나 안내해 주지 않는다는 데에 문제가 있습니다. 더욱이나 우리 청소년들에게 그렇습니다. 청소년들은 감정이 들쑥날쑥한 사람들입니다. 이런 사람들을 어떻게든 도와주어야 합니다.

감정적으로 불안정한 청소년들이 도움을 받을 수 있는 가장 좋은 방법은 시를 읽는 것입니다. 의도 없이 무심코

라도 시를 읽다 보면 시의 내용이 마음에 스며들 것이고 들쑥날쑥한 감정이 조금씩 가지런해지는 걸 느낄 것입니다. 그것은 내가 청소년 시절 그랬고 지금까지도 자주 경험하는 일입니다.

청소년들이여. 마음이 어지럽거나 답답하거나 우울하거나 불안하거든 시를 찾아 읽으십시오. 꼭 이 시집을 읽지 않아도 좋습니다. 시를 읽는 동안 그대들 마음이 바뀔 것입니다. 시를 읽고 나면 그대들 삶이 바뀔 것입니다. 그것은 참으로 놀라운 일입니다. 믿기지 않는다면 시험 삼아서라도 한번 해 보십시오.

분명히 시가 그대들을 도와줄 것입니다. 시집 속의 시인이 그대들 옆자리로 옮겨 앉으며 많은 이야기를 들려줄 것입니다. 시집을 들고 있는 그대들 손이 그 어떤 사람의 손보다도 귀하고 아름답습니다. 어려운 시기에 청소년들을 위해 이 시집을 준비해 준 김성규 대표에게 감사의 인사를 전합니다.

2023년 한여름에
나태주 씁니다.

차례

1부 많고 많은 사람 중에 그대 한 사람

2부 내가 되고 싶어요

3부 고마워요 그냥 고마워요

4부 마음을 보여 줄 수 없어 꽃을 드립니다

5부 우리 오래 만나자

엮은이의 말

1부

많고 많은 사람 중에 그대 한 사람

사랑 1

우연히 내 안에
들어온 너, 처음엔
탁구공만 하더니

점점 자라서
나보다 더 커지고
지구만큼 자라 버렸네

너를 안아 본다
지구를 안아 본다.

여행의 끝

어둔 밤길 잘 들어갔는지?

걱정은 내 몫이고
사랑은 네 차지

부디 피곤한 밤
잠이나 잘 자기를…….

근황

요새
네 마음속에 살고 있는
나는 어떠니?

내 마음속에 들어와
살고 있는 너는 여전히
예쁘고 귀엽단다.

그러므로

너는 비둘기를 사랑하고
초롱꽃을 사랑하고
너는 애기를 사랑하고
또 시냇물 소리와 산들바람과
흰 구름까지를 사랑한다

그러한 너를 내가 사랑하므로
나는 저절로
비둘기를 사랑하고
초롱꽃, 애기, 시냇물 소리,
산들바람, 흰 구름까지를 또
사랑하는 사람이 된다.

너를 두고

세상에 와서
내가 하는 말 가운데서
가장 고운 말을
너에게 들려주고 싶다

세상에 와서
내가 가진 생각 가운데서
가장 예쁜 생각을
너에게 주고 싶다

세상에 와서
내가 할 수 있는 표정 가운데
가장 좋은 표정을
너에게 보이고 싶다

이것이 내가 너를
사랑하는 진정한 이유
나 스스로 네 앞에서 가장
좋은 사람이 되고 싶은 소망이다.

산수유꽃 진 자리

사랑한다, 나는 사랑을 가졌다
누구에겐가 말해 주긴 해야 했는데
마음 놓고 말해 줄 사람 없어
산수유꽃 옆에 와 무심히 중얼거린 소리
노랗게 핀 산수유꽃이 외워 두었다가
따사로운 햇빛한테 들려주고
놀러 온 산새에게 들려주고
시냇물 소리한테까지 들려주어
사랑한다, 나는 사랑을 가졌다
차마 이름까진 말해 줄 수 없어 이름만 빼고
알려 준 나의 말
여름 한 철 시냇물이 줄창 외우며 흘러가더니
이제 가을도 저물어 시냇물 소리도 입을 다물고
다만 산수유꽃 진 자리 산수유 열매들만
내리는 눈발 속에 더욱 예쁘고 붉습니다.

연애 감정

나도 네 앞에서는
한 송이 꽃으로
팡!
터지고 싶었단다.

대숲 아래서

1

바람은 구름을 몰고
구름은 생각을 몰고
다시 생각은 대숲을 몰고
대숲 아래 내 마음은 낙엽을 몬다.

2

밤새도록 댓잎에 별빛 어리듯
그슬린 등피에는 네 얼굴이 어리고
밤 깊어 대숲에는 후둑이다 가는 밤 소나기 소리.
그리고도 간간이 사운대다 가는 밤바람 소리.

3

어제는 보고 싶다 편지 쓰고
어젯밤 꿈엔 너를 만나 쓰러져 울었다.
자고 나니 눈두덩엔 메마른 눈물 자죽*,
문을 여니 산골엔 실비단 안개.

4

모두가 내 것만은 아닌 가을,
해 지는 서녘 구름만이 내 차지다.
동구 밖에 떠드는 애들의
소리만이 내 차지다.
또한 동구 밖에서부터 피어오르는
밤안개만이 내 차지다.

하기는 모두가 내 것만은 아닌 것도 아닌
이 가을,
저녁밥 일찍이 먹고
우물가에 산보 나온
달님만이 내 차지다.
물에 빠져 머리칼 헹구는
달님만이 내 차지다.

* 자국의 강원도 사투리.

들길을 걸으며

1
세상에 와 그대를 만난 건
내게 얼마나 행운이었나
그대 생각 내게 머물므로
나의 세상은 빛나는 세상이 됩니다
많고 많은 사람 중에 그대 한 사람
그대 생각 내게 머물므로
나의 세상은 따뜻한 세상이 됩니다.

2
어제도 들길을 걸으며
당신을 생각했습니다
오늘도 들길을 걸으며
당신을 생각했습니다
어제 내 발에 밟힌 풀잎이
오늘 새롭게 일어나
바람에 떨고 있는 걸
나는 봅니다
나도 당신 발에 밟히면서

새로워지는 풀잎이면 합니다
당신 앞에 여리게 떠는.

내가 너를

내가 너를
얼마나 좋아하는지
너는 몰라도 된다.

너를 좋아하는 마음은
오로지 나의 것이요,
나의 그리움은
나 혼자만의 것으로도
차고 넘치니까……

나는 이제
너 없이도 너를
좋아할 수 있다.

기쁜 일

누구에게선가 들었다

정말로 행복한 사람은
다른 사람을 행복하게 해 주고
그 사람이 행복해하는 모습을 보면서
자기도 따라서 기뻐하는 사람이라고!

내가 또 그런 사람이 되고 싶은 걸
알게 되어 기쁘다.

변하는 세상에

세상은 변하지
변하기에 세상이지
자연도 변하고
사람도 변하고
물건도 변하지

변하지 않는 건
아무것도 없지
사람의 마음 또한 변하지
변하는 마음이기에
사람의 마음이고 또
살아 있는 마음이지

하지만 말야
변하는 세상에 가장
예쁘고 사랑스럽고 깨끗한
너를 알게 되어 기뻐
그러한 너를
사랑할 수 있어서 기뻐

변하는 세상
변하는 자연과 사물과 사람들
사람의 마음들
그 중심에 내가 너를 진정
좋아했던 마음이 있지

아무리 세상이 변하고
자연이 변하고 사람이 변하고
사물이 변하고
사람 마음마저 변해도
너를 사랑했던 마음은
그대로 변하지 않지
그 자리에 있지

가장 예쁘고 사랑스럽고
맑고도 깨끗한 너의 인생
그 인생과 함께한
나의 날들에게 감사해
너에게 더욱 감사해.

꽃 3

예뻐서가 아니다
잘나서가 아니다
많은 것을 가져서도 아니다
다만 너이기 때문에
네가 너이기 때문에
보고 싶은 것이고 사랑스런 것이고 안쓰러운 것이고
끝내 가슴에 못이 되어 박히는 것이다
이유는 없다
있다면 오직 한 가지
네가 너라는 사실!
네가 너이기 때문에
소중한 것이고 아름다운 것이고 사랑스런 것이고 가득
한 것이다
꽃이여, 오래 그렇게 있거라.

2부

내가 되고 싶어요

풀꽃

자세히 보아야
예쁘다

오래 보아야
사랑스럽다

너도 그렇다.

되고 싶은 사람

너는 커서 무엇이 될래?
무엇 하는 사람이 될 거니?
어른들은 나만 보면
귀찮게 물어요

엄마 아빠 아는 어른들은
더욱 그렇게 물어요
그럴 때마다 나는
대답을 못 해요

내가 되고 싶은 사람을
나는 아직 정하지 못했거든요
마땅히 되고 싶은 사람이
나에겐 아직 없기도 하구요

나는 혼자서 생각해 봐요
내가 되고 싶은 사람은
어떤 사람일까?

나는 그냥 사람 같은 사람이
되고 싶어요
그냥 내가 되고 싶어요.

중학생을 위하여

하루에 세 번씩 반성하고
세 번씩 자신을 꾸중하라는 말씀은
오래전 옛말이다

오히려 하루에 세 번씩
자기가 한 일을 돌아보고
세 가지를 칭찬하라

나는 오늘도 밥을 잘 먹었다
학교에 결석하지 않고 나왔다
친구들이랑 다투지 않았다

정이나 칭찬할 것이 없으면
네 굵고도 튼튼한 다리를
칭찬하라

그 다리로 하여 너는
대지를 굳게 딛고 서 있는 것이고
멀리까지 갈 수도 있는 것이다

이 얼마나 장한 일이냐!
이러한 생각 속에서
너의 세상이 달라질 것이다.

다시 중학생에게

사람이 길을 가다 보면
버스를 놓칠 때가 있단다

잘못한 일도 없이
버스를 놓치듯
힘든 일 당할 때가 있단다

그럴 때마다 아이야
잊지 말아라

다음에도 버스는 오고
그다음에 오는 버스가 때로는
더 좋을 수도 있다는 것을!

어떠한 경우라도 아이야
너 자신을 사랑하고
이 세상에서 가장 귀한 것이
너 자신임을 잊지 말아라.

어린 벗에게

그렇게 너무 많이
안 예뻐도 된다

그렇게 꼭 잘하려고만
하지 않아도 된다

지금 모습 그대로 너는
충분히 예쁘고

가끔은 실수하고 서툴러도 너는
사랑스런 사람이란다

지금 그대로 너 자신을
아끼고 사랑해라

지금 모습 그대로 있어도
너는 가득하고 좋은 사람이란다.

소년이여 조그만 꿈을 지녀라

북해도 여행 갔다가 보았다
홋카이도대학교 교정에 세워진 동상
동상 앞에 쓰여진 문장
보이스 비 엠비셔쓰

백 년도 훨씬 전 일본 젊은이들 가르치려고
미국에서 왔던 클리크란 사람이
제 나라로 돌아가면서 남겼다는 문장
소년이여 대망을 가져라

물론 나도 그 말을 알고 있다
뜻을 제대로 알지도 못하면서
가슴에 오랜 세월 새기며 살았다
과연 그런가?

나는 이제 그 문장을 고쳐서 말하고 싶다
소년이여 조그만 꿈을 지녀라
조그만 꿈을 가지고 끝내 그 꿈을 이루어라
그것이 진정으로 그대의 성공이다.

너무 잘하려고 애쓰지 마라

너, 너무 잘하려고 애쓰지 마라
오늘 일은 오늘의 일로 충분했다
조금쯤 모자라거나 비뚤어진 구석이 있다면
내일 다시 하거나 내일
다시 고쳐서 하면 된다
조그마한 성공도 성공이다
그만큼에서 그치거나 만족하라는 말이 아니고
작은 성공을 슬퍼하거나
그것을 빌미 삼아 스스로를 나무라거나
힘들게 하지 말자는 말이다
나는 오늘도 많은 일들과 만났고
견딜 수 없는 일들까지 견뎠다
나름대로 최선을 다한 셈이다
그렇다면 나 자신을 오히려 칭찬해 주고
보듬어 껴안아 줄 일이다
오늘을 믿고 기대한 것처럼
내일을 또 믿고 기대해라
오늘의 일은 오늘의 일로 충분했다
너, 너무도 잘하려고 애쓰지 마라.

채송화

난쟁이 꽃
땅바닥에 엎드려 피는 꽃

그래도 해님을 좋아해
해가 뜨면 방글방글 웃는 꽃

바람 불어 키가 큰 꽃들
해바라기 코스모스 넘어져도

미리 넘어져서 더는
넘어질 일 없는 꽃

땅바닥에 넘어졌느냐
땅을 짚고 다시 일어나거라

사람한테도 조용히
타일러 알려 주는 꽃.

우정

고마운 일 있어도 그것은
고맙다는 말
쉽게 하지 않는 마음이란다

미안한 일 있어도 그것은
미안하다는 말
쉽게 하지 못하는 마음이란다

사랑하는 마음 있어도 그것은
사랑한다는 말
쉽게 하지 않는 마음이란다

네가 오늘 나한테 그런 것처럼.

사랑에 답함

예쁘지 않은 것을 예쁘게
보아 주는 것이 사랑이다

좋지 않은 것을 좋게
생각해 주는 것이 사랑이다

싫은 것도 잘 참아 주면서
처음만 그런 것이 아니라

나중까지 아주 나중까지
그렇게 하는 것이 사랑이다.

내가 좋아하는 사람

내가 좋아하는 사람은
슬퍼할 일을 마땅히 슬퍼하고
괴로워할 일을 마땅히 괴로워하는 사람

남의 앞에 섰을 때
교만하지 않고
남의 뒤에 섰을 때
비굴하지 않은 사람

내가 좋아하는 사람은
미워할 것을 마땅히 미워하고
사랑할 것을 마땅히 사랑하는
그저 보통의 사람.

혼자서

무리 지어 피어 있는 꽃보다
두셋이서 피어 있는 꽃이
도란도란 더 의초로울 때 있다

두셋이서 피어 있는 꽃보다
오직 혼자서 피어 있는 꽃이
더 당당하고 아름다울 때 있다

너 오늘 혼자 외롭게
꽃으로 서 있음을 너무
힘들어하지 말아라.

풀꽃 3

기죽지 말고 살아 봐
꽃 피워 봐
참 좋아.

괜찮아

괜찮아 서툴러도 괜찮아
서툰 것이 인생이란다
조금쯤 틀려도 괜찮아
조금씩 틀리는 것이 인생이란다
어찌 우리가 모든 걸
미리 알고 세상에 왔겠니!
아무런 준비도 없이
세상에 온 우리
아무런 연습도 없이
하루하루 사는 우리
경기하듯 연습을 하고
연습하듯 경기하란 말이 있단다
우리 그렇게 담담하게
하루하루 순간순간을 살자
틀려도 괜찮아
조금쯤 서툴러도 괜찮아.

최고의 인생

날마다 맞이하는 날이지만
오늘이 가장 좋은 날이라 생각하고

지금 하는 일이
가장 좋은 일이라 생각하고

지금 먹고 있는 음식이
가장 맛있는 음식이라 여기고

지금 만나고 있는 사람이
가장 아름다운 사람이라고 생각한다면

당신의 인생 하루하루는
최고의 인생이 될 것이다.

오직 너는

많은 사람 아니다
많은 사람 가운데
오직 너는 한 사람
우주 가운데서도
빛나는 하나의 별
꽃밭 가운데서도
하나뿐인 너의 꽃
너 자신을 살아라
너 자신을 빛내라.

좋다

좋아요

좋다고 하니까 나도 좋다.

좋은 때

지금이 네 인생에서
가장 좋은 때
그런데 너만 그걸 모르지
그럴 거야
정작 좋은 때는
그게 좋은 때인 줄
몰라서 좋은 때인 거야
사랑하는 사람 있으니 좋고
네 사랑 받아 주는 사람 있으니
그 얼마나 좋아
더구나 너의 사랑
순결하니 좋고
너의 사랑 받아 주는 사람
어리고 어리니 더욱 좋은 일
의심하지 말아라
더 좋은 사랑 꿈꾸지 말아라
너는 새로 솟아나는
풀잎이거나
새로 피어나는 꽃잎이거나

아침 상쾌한 하늘
높이높이 솟구치는 새들의 날개
그 같은 생명, 생명들의 어울림
의심하지 말아라
더 좋은 때를 바라지 말아라
이만큼 보기에도 더없이
네가 좋아 보인다.

사랑 2

너 많이 예쁘거라
오래 오래 웃고 있거라

우선은 너를 위해서
그다음은 나를 위해서
세상을 위해서

너처럼 예쁜 세상
네가 웃고 있는 세상은
얼마나 좋은 세상이겠니!

너는 별이다

남을 따라서 살 일이 아니다
네 가슴에 별 하나
숨기고서 살아라
끝내 그 별 놓치지 마라
네가 별이 되어라.

그것을 믿어야 한다

별은 아슬하고 멀어서
가질 수 없고
가까이 갈 수도 없다

그렇다고 별이 없다고
말하거나 별이
소용없는 것이라
말해선 안 된다

가슴속에 별이 있는 사람과
별이 없는 사람은 전혀 다르다

적어도 가슴속에 별 하나 숨기고
그 별의 안내를 받으며
살아가는 사람의 삶은
달라도 무언가 많이 다르다

가슴속의 별을 따라가면서
살다 보면 언젠가는

그 자신 별이 되는 순간이 끝내
오고야 말 것이다

그것을 믿어야 한다
하늘이 흐리다 해서
별이 없다고 우겨서는
안 되는 일이다.

안부

오래
보고 싶었다

오래
만나지 못했다

잘 있노라니
그것만 고마웠다.

3부

고마워요, 그냥 고마워요

마주 보며

딸은 멀어지며
커지는 사람이고

아버지는 남아서
작아지는 사람

딸은 그래서
큰 별이 되고

아버지는 드디어
작은 별이 되는 사람

둘이서 마주 보며
마주 보며.

아들아 멈추어 다오

아들아 이제 그만 그쯤에서
멈추어 다오
지금 네가 가고 있는 길은
들길이나 산길이나
오솔길도 아니고
어둠의 길 낙망의 길 낭떠러지 길이다
네가 지금 보고 있는 빛은
진짜의 빛 생명의 빛이 아니고
그 반대의 빛이다
아들아 그만큼 그 자리에서
멈춘 발길을 돌려 다오
밖으로 나와 시원한 바람을 쐬이고
초록의 세상을 보아라
작지만 크고 가난하지만 넉넉한
세상이 바로 그 세상이다
너의 어리석음을 굳이 나무라지는 않으마
지금까지의 오류를 탓하지도 않으마
인생에서 지름길 빠른 길은 절대로 없다
시작이 있으면 끝이 있는 법

어디쯤 어느 때쯤인가 인생은
끝나게 되어 있고
짧은 한 편의 연극같이 언젠가는
막이 내리게 되어 있다
하지만 어떠한 인생도 부질없고
무의미한 인생은 없다
길면서도 짧고 짧으면서도
긴 것이 인생
부디 네 앞에 주어진 짧고도 길고
길고도 짧은 너의 인생을 사랑해라
그러면 그쯤에서 멈출 수 있고
발길을 돌릴 수도 있을 것이다
아들아 너의 인내와 지혜를 믿는다
너의 이마 위에 뜬 너의 별이 너를
끝까지 잘 이끌어 줄 것을 믿는다.

그늘 아래

아이 혼자 놀고 있다
유치원 가방 등에 메고
나무 그늘 아래 혼자 놀고 있다

폴짝폴짝 뛰기도 하고
빙글빙글 돌기도 하고
저러면 안 되는데
아이 혼자 놀면 안 되는데

그러면 그렇겠지
저만큼 벤치 위에
아이를 바라보며
젊은 여자 하나 앉아 있다

아이는 처음부터
나무 그늘 아래 노는 게 아니라
엄마의 그늘 아래 노는 거였다.

대화

오래 안고 있어서 답답하니?
아니

오래 안고 있어서 슬프니?
아니

오래 안고 있어서 기쁘니?
아니

그럼 어떤데?
그냥 편안해

그렇구나
그건 나도 그래.

별

별은 멀다. 별은 작게 보인다. 별은 차갑게 느껴진다. 그렇지만 별은 별이다. 멀리 있고 작게 보이고 차갑게 느껴진다고 해서 별이 아닌 건 아니고 또 별이 없는 건 절대로 아니다.

별을 품어야 한다. 눈물 어린 눈으로라도 별을 바라보아야 한다. 남몰래 별을 가슴속에 품고 살아야 한다. 별이 작게 보이고 별이 차갑게 보이고 별이 멀리 있다고 해서 별을 품지 않아서는 정말 안 된다.

누구나 자기의 별을 하나쯤은 마음속에 지니고 사는 것이 진정 아름다운 인생이고 멀리까지 씩씩하게 갈 수 있는 삶이다. 그렇지 않을 때 그 사람은 흘러가는 삶을 살 수밖에 없다. 남을 따라서 흉내 내는 삶을 살 수밖에 없다

아들아, 네 삶의 일생일대 실수는 어려서부터 네가 너의 별을 갖지 않은 것! 어쩌면 좋으냐. 내가 너에게 너의 별을 갖도록 안내해 주지 못한 것부터가 잘못이었구나. 후회막급이다.

아버지

왠지 네모지고 딱딱한 이름입니다

조금씩 멀어지면서 둥글어지고
부드러워지는 이름입니다

끝내 세상을 놓은 다음
사무치게 그리워지는 이름이기도 하구요

아버지, 이런 때
당신이었다면 어떻게 하셨을까요?

마음속으로 당신 음성을 기다립니다.

최소한의 아버지

누군가의 아들
누군가의 형제
누군가의 친구
누군가의 이웃으로 살면서

직장인, 사회인,
가장 많이 마음을 주고 산 것은
시인

그러다 보니 작아질 대로
작아진 마음
최소한의 아버지
초라한 남편

미안해요, 여보
미안하구나, 애들아
지나온 날을 돌아보며
고개 숙인다.

엄마 사라져 버려랏

말 안 듣는다고
엉뚱한 짓 말썽 부린다고
엄마가 야단치고
신경질 부리면 나도
엄마한테 야단치고
신경질 부려요
엄마 사라져 버려랏!
마음속으로 주문을 외워요
그러나 엄마가 사라지면
어떻게 하겠어요?
내 주문이 안 이루어진 것이
다행한 일이지요
엄마 사라져 버려랏!
그건 가짜예요
엄마가 나한테 야단치고
신경질 부리는 것이
가짜인 것처럼 말이에요.

나는 반대예요

엄마가 말했어요

내가 있어 우리 집이
천국이라고
내가 웃어서
베란다 화분 꽃을 피운다고

그러나 나는 반대예요

우리 집엔 엄마가 있어서
천국이고
엄마가 물을 주고 돌보니까
베란다 화분의 꽃도 피는 거라고

그건 분명 그래요
엄마가 있는 곳은 어디나
나에게 천국이에요.

엄마 아빠 탓

엄마가 말했어요
너는 예쁜 아이라고
그래서 나는 예쁜 아이가 돼요

아빠가 그랬어요
너는 착한 아이라고
그래서 나는 착한 아이가 돼요

나는 다른 아이는 될 수 없어요
착한 아이 예쁜 아이밖에는
될 수 없어요

내 탓이 아니에요
모두 다 엄마 탓이고
아빠 탓이에요.

엄마의 소원

아기가 자라면
엄마는 늙고

엄마는 늙어도
아기는 자라야 하고

엄마의 소원은
아기가 잘 자라는 것뿐…….

어버이날

고마워요
그냥 엄마가 내 엄마인 것이
고마워요

고맙구나
그냥 네가 내 아들인 것이
고맙구나.

바람 부는 날

당신이 곁을
지켜 주시어

덜 흔들릴 수
있었습니다

고맙습니다.

4부

마음을 보여 줄 수 없어 꽃을 드립니다

시 2

마당을 쓸었습니다
지구 한 모퉁이가 깨끗해졌습니다

꽃 한 송이 피었습니다
지구 한 모퉁이가 아름다워졌습니다

마음속에 시 하나 싹텄습니다
지구 한 모퉁이가 밝아졌습니다

나는 지금 그대를 사랑합니다
지구 한 모퉁이가 더욱 깨끗해지고
아름다워졌습니다.

그리움

가지 말라는데 가고 싶은 길이 있다
만나지 말자면서 만나고 싶은 사람이 있다
하지 말라면 더욱 해 보고 싶은 일이 있다

그것이 인생이고 그리움
바로 너다.

사는 법

그리운 날은 그림을 그리고
쓸쓸한 날은 음악을 들었다

그리고도 남는 날은
너를 생각해야만 했다.

그 아이

겉으로 당신 당당하고 우뚝하지만
당신 안에 조그맣고 여리고 약한
아이 하나 살고 있어요

작은 일에도 흔들리고
작은 말에도 상처받는 아이
순하고도 여린 아이 하나 살고 있어요

그 아이 이슬 밭에 햇빛 부신 풀잎 같고
바람에 파들파들 떠는
오월의 새 나뭇잎 한가지예요

올해도 부탁은 그 아이
잘 데리고 다니며
잘 살기 바라요

윽박지르지 말고
세상 한구석에 떼 놓고 다니지 말고
더구나 슬픈 얘기 억울한 얘기

들려주어 그 아이 주눅 들게 하지 마세요

될수록 명랑하고 고운 얘기 밝은 얘기
도란도란 나누며 걸음도 자박자박
한 해의 끝날까지 가 주기 바라요

초록빛 풀밭 위 고운 모래밭 위
통통통 뛰어가는 작은 새 발걸음
그렇게 가볍게 살아가 주기 바라요.

선물

하늘 아래 내가 받은
가장 커다란 선물은
오늘입니다

오늘 받은 선물 가운데서도
가장 아름다운 선물은
당신입니다

당신 나지막한 목소리와
웃는 얼굴, 콧노래 한 구절이면
한 아름 바다를 안은 듯한 기쁨이겠습니다.

행복

저녁때
돌아갈 집이 있다는 것

힘들 때
마음속으로 생각할 사람 있다는 것

외로울 때
혼자서 부를 노래 있다는 것.

오늘의 꽃

웃어도 예쁘고
웃지 않아도 예쁘고
눈을 감아도 예쁘다

오늘은 네가 꽃이다.

이를 닦다가

자기가 건강한 사람이라고
생각하지 말고
아픈 사람이라고 생각해 보자

자기가 새 거울이라고
생각하지 말고
깨진 거울이라고 생각해 보자

자기가 성공한 사람이라고
생각하지 말고
실패한 사람이라고 생각해 보자

자기가 집이 있는 사람이라고
생각하지 말고
집이 없는 사람이라고 생각해 보자

세상이 대번에 달라질 것이다
사랑하는 사람이 더욱 사랑스럽고
자기가 불쌍해 눈물 글썽여질 것이다.

기도

내가 외로운 사람이라면
나보다 더 외로운 사람을
생각하게 하여 주옵소서

내가 추운 사람이라면
나보다 더 추운 사람을
생각하게 하여 주옵소서

내가 가난한 사람이라면
나보다 더 가난한 사람을
생각하게 하여 주옵소서

더욱이나 내가 비천한 사람이라면
나보다 더 비천한 사람을
생각하게 하여 주옵소서

그리하여 때때로
스스로 묻고
스스로 대답하게 하여 주옵소서

나는 지금 어디에 와 있는가?
나는 지금 어디로 향해 가고 있는가?
나는 지금 무엇을 보고 있는가?
나는 지금 무엇을 꿈꾸고 있는가?

사랑 3

내 탓이 아니지, 오로지
그것은 네 탓이야

네가 너무 눈부신 탓이고
네가 너무 예쁜 탓이야

다만 나는 손을 뻗어
너를 잡았을 뿐이란다.

걱정

만날 때마다
몸이 아픈 건 아니냐고
얼굴이 틀렸다고
말해 주는 사람 있고

만날 때마다
무슨 좋은 일 있냐고
얼굴이 좋아 보인다고
말해 주는 사람 있다

누가 정말 나를
생각해 주는 사람일까?

꽃다발

마음을 보여 줄 수 없어
꽃을 보여 주고

마음을 줄 수 없어
꽃다발을 드리니

부디 거절하지
마시기 바랍니다.

사랑은 그런 것

예쁘면 얼마나 예쁘겠나
때로는 나도 내가
예쁘지 않은데

좋으면 얼마나 좋겠나
때로는 나도 내가
좋지 않은데

그만큼 예쁘면 됐지
그만큼 좋으면 됐지
사랑이란 그런 것이다

조금 예뻐도 많이
예쁘다 여겨 주면
많이 예뻐지고

조금 좋아도 많이
좋다고 생각하면
많이 좋아지는 것이 아니겠나.

아끼지 마세요

좋은 것 아끼지 마세요
옷장 속에 들어 있는 새로운 옷 예쁜 옷
잔칫날 간다고 결혼식장 간다고
아끼지 마세요
그러다 그러다가 철 지나면 헌 옷 되지요

마음 또한 아끼지 마세요
마음속에 들어 있는 사랑스런 마음 그리운 마음
정말로 좋은 사람 생기면 준다고
아끼지 마세요
그러다 그러다가 마음의 물기 마르면 노인이 되지요

좋은 옷 있으면 생각날 때 입고
좋은 음식 있으면 먹고 싶은 때 먹고
좋은 음악 있으면 듣고 싶은 때 들으세요
더구나 좋은 사람 있으면
마음속에 숨겨 두지 말고
마음껏 좋아하고 마음껏 그리워하세요

그리하여 때로는 얼굴 붉힐 일
눈물 글썽일 일 있다 한들
그게 무슨 대수겠어요!
지금도 그대 앞에 꽃이 있고
좋은 사람이 있지 않나요
그 꽃을 마음껏 좋아하고
그 사람을 마음껏 그리워하세요.

눈부신 세상

멀리서 보면 때로 세상은
조그맣고 사랑스럽다
따뜻하기까지 하다
나는 손을 들어
세상의 머리를 쓰다듬어 준다
자다가 깨어난 아이처럼
세상은 배시시 눈을 뜨고
나를 향해 웃음 지어 보인다

세상도 눈이 부신가 보다.

한밤중에

한밤중에
까닭 없이
잠이 깨었다

우연히 방 안의
화분에 눈길이 갔다

바짝 말라 있는 화분

어, 너였구나
네가 목이 말라 나를
깨웠구나.

시 1

그냥 줍는 것이다

길거리나 사람들 사이에
버려진 채 빛나는
마음의 보석들.

내일

이 세상은 결코 천국이 아니고
세상 사람들은 또 천사가 아니다
그렇지만 세상을 천국이라
여기고 살면 때로 세상이
천국이 되고
세상 사람들도 천사가 되는 게 아닐까?
내일은 너를 만나는 날
너를 만나는 그곳이 천국이 되고
네가 또 천사가 아닐까?
오늘부터 나는 천국을 살고
천사를 만난다.

5부

우리 오래 만나자

지구 할아버지

사람이 아플 때
사람만 아픈 것이 아니라
나무나 풀들도 아프고
새들이나 흰 구름도 아프고
바람이나 하늘까지 아프다
끝내는 지구도 아프다
아프냐? 많이 아프냐?
네 아파요 많이 아파요
그럴 때 사람은
지구의 마음을 짐작한다
지구는 오래 살아 할아버지다
사람들이 괴롭혀서
많이 앓고 계시는구나
신음까지 하고 계시는구나
그 마음에 가서 악수한다
아프셔요? 많이 아프셔요?
그래그래, 나도 많이 아프단다.

생명

누군가 죽어서
밥이다

더 많이 죽어서
반찬이다

잘 살아야겠다.

우리들의 푸른 지구

사랑한다는 말 대신에 하는 말
우리 오래 만나자

사랑하겠다는 말 대신에 하는 대답
우리 함께 오래 있어요

날마다 푸른 지구
내일 더욱 푸른 지구

오늘은 네가 나에게 지구이고
내가 너에게 지구이다.

당신도 부디

아무래도 말기 행성인 지구
이 지구에 와서 만난 당신
가장 정다운 사람인 당신

우리가 만나고 헤어지고
가슴 졸여 사랑했던 일들을
오래도록 기억하고 싶습니다

주황빛 혼곤한 슬픔과
성가신 그리움이며 슬픔까지
오래오래 간직하고 싶습니다

당신도 부디 그래 주시기 바랍니다.

촉

무심히 지나치는
골목길

두껍고 단단한
아스팔트 각질을 비집고
솟아오르는
새싹의 촉을 본다

얼랄라
저 여리고
부드러운 것이!

한 개의 촉 끝에
지구를 들어 올리는
힘이 숨어 있다.

강물과 나는

맑은 날
강가에 나아가
바가지로
강물에 비친
하늘 한 자락
떠올렸습니다

물고기 몇 마리
흰 구름 한 송이
새소리도 몇 움큼
건져 올렸습니다

한참 동안 그것들을
가지고 돌아오다가
생각해 보니
아무래도 믿음이
서지 않았습니다

이것들을

기르다가 공연스레
죽이기라도 하면
어떻게 하나

나는 걸음을 돌려
다시 강가로 나아가
그것들을 강물에
풀어 넣었습니다

물고기와 흰 구름과
새소리 모두
강물에게
돌려주었습니다

그날부터
강물과 나는
친구가 되었습니다.

하나님께 드리는 편지

하나님, 지구 할아버지가 요즘 많이 아프셔요.

오래 사셔서 그렇지만 우리가 지구 할아버지에게 잘못해서 그래요.

너무 많은 쓰레기를 버리고 지구 할아버지 위에서 패를 갈라 싸우고 전쟁하고 미워하고 너무 욕심을 부리며 살았기 때문이에요.

하나님, 지구 할아버지를 어떻게 좀 치료해 주세요.

조금 더 오래 사실 수 있도록 보살펴 주세요.

지구 할아버지가 아프고 힘들면 우리가 살 수 없어요.

사람들은 모두가 지구 할아버지의 자식들이에요.

우리의 잘못을 용서하시고 지구 할아버지가 좀 더 오래 사실 수 있도록 지구 할아버지를 보살펴 주세요.

하나님, 꼭 그렇게 될 수 있도록 간절히 부탁드립니다.

지구

지구는 하나의 꽃병

꽃 한 송이 꽂으면
밝아 오고

물 한 모금 뿌려 주면
더욱 밝아 오지만

꽃 한 송이 시들면
금방 어두워진다

지구는 하나의
조그만 꽃병.

선물

나에게 이 세상은 하루하루가 선물입니다
아침에 일어나 만나는 밝은 햇빛이며 새소리,
맑은 바람이 우선 선물입니다

문득 푸르른 산 하나 마주했다면 그것도 선물이고
서럽게 서럽게 뱀 꼬리를 흔들며 사라지는
강물을 보았다면 그 또한 선물입니다

한낮의 햇살 받아 손바닥 뒤집는
잎사귀 넓은 키 큰 나무들도 선물이고
길 가다 발밑에 깔린 이름 없어 가여운
풀꽃들 하나하나도 선물입니다

무엇보다도 먼저 이 지구가 나에게 가장 큰 선물이고
지구에 와서 만난 당신,
당신이 우선적으로 가장 좋으신 선물입니다

저녁 하늘에 붉은 노을이 번진다 해도 부디
마음 아파하거나 너무 섭하게 생각지 마세요

나도 또한 이제는 당신에게
좋은 선물이었으면 합니다.

늦여름

네가 예뻐서
지구가 예쁘다

네가 예뻐서
세상이 다 예쁘다

벗은 발 예쁜 발가락
그리고 눈썹

네가 예뻐서
나까지도 예쁘다.

꽃들아 안녕

꽃들에게 인사할 때
꽃들아 안녕!

전체 꽃들에게
한꺼번에 인사를
해서는 안 된다

꽃송이 하나하나에게
눈을 맞추며
꽃들아 안녕! 안녕!

그렇게 인사함이
백번 옳다.

멀리서 빈다

어딘가 내가 모르는 곳에
보이지 않는 꽃처럼 웃고 있는
너 한 사람으로 하여 세상은
다시 한번 눈부신 아침이 되고

어딘가 네가 모르는 곳에
보이지 않는 풀잎처럼 숨 쉬고 있는
나 한 사람으로 하여 세상은
다시 한번 고요한 저녁이 온다

가을이다, 부디 아프지 마라.

저문 날

오늘도 하루
충분히 너를
사랑하지 못하고
날이 저물었다

이다음 날 내가
지구를 떠나는 날에도
그것이 제일로
마음이 아플 것이다.

엮은이의 말

내가 주고 싶은 시

하상만(시인·국어 교사)

1.

나태주 시인의 시를 읽다 보면 학생들이 떠오릅니다.

한 학생이 찾아와서는 이제부터 공부를 좀 해 보겠다 했습니다. 갑자기 태도가 변한 아이라 이유를 물었더니 좋아하는 학생이 생겼다고 합니다. 그 학생이 말썽은 그만 부리고 공부를 좀 했으면 좋겠다고 했다 합니다.

사랑을 가진 사람. 내가 그런 사람이라고 누구에겐가 말해 주긴 해야 했는데 마음 놓고 말할 사람이 없어서 저를 찾아온 모양입니다.

그 학생에게 시 한 편을 적어 주었습니다.

가장 좋은 표정을
너에게 보이고 싶다

"지금 네 마음이 이런 거지?"
"네, 꼭 그 마음이에요."
"그 학생은 누구니?"

"아직 알려 드릴 순 없어요."

사랑이라는 마음은 사람의 몸보다 더 커질 수 있습니다.
그러면 혼자서는 간직할 수 없게 됩니다. 학생이 말해 주지
는 않았지만, 나중에 우리는 알게 되었습니다. 얼마 후 저는
또 시 한 편을 적어 주었습니다.

> 우연히 내 안에
> 들어온 너, 처음엔
> 탁구공만 하더니
>
> 점점 자라서
> 나보다 더 커지고
> 지구만큼 자라 버렸네

지구만큼 자라 버린 탁구공을 나태주 시인은 사랑이라
고 적었습니다.

2.
한 여학생은 엄마가 그냥 내 엄마인 것이 좋았습니다. 하
루는 학생에게 왜 그렇게 집에 바삐 가는 거니, 하고 물었습
니다.

"엄마 생일이거든요?"

"엄마 일찍 오시니?"

"아니요, 엄마 오기 전에 미역국도 끓이고 방 청소도 해 두려고요."

다음 날 학생에게 어땠냐고 물었습니다.

엄마는 늦게 회사에서 돌아왔고 문을 열고 들어오자마자 소파에 누워 버렸습니다. 정돈된 집과 막 끓어서 미역 냄새 가득한 거실에서 숨을 들이마시고는 이렇게 말씀하셨다고 합니다.

"이럴 시간 있으면 공부나 좀 하지."

엄마가 바라는 딸은 공부를 잘하는 딸이지 생일에 미역국을 끓이고 방 청소를 하는 딸이 아니었습니다. 딸은 엄마를 사랑했지만, 엄마를 사랑한 게 아닌 게 되었습니다.

아무리 사랑해도 그 사람이 바라는 방식이 아니라면 그건 사랑이 아닐 수 있습니다. 아무리 사랑해도 상대방이 원하는 방식이 아니면 아무것도 아닌 게 사랑입니다. 최선을 다하는 것도 의미가 없을 수 있지요.

엄마는 너무 지쳐서 그냥 내 딸이라서 좋은 것을 잠시 잊었나 봅니다.

그 학생에게 시를 적어 주었습니다.

"이 시는 엄마한테도 보여 드려."

고마워요
그냥 엄마가 내 엄마인 것이
고마워요

고맙구나
그냥 네가 내 딸인 것이
고맙구나.

원래의 시에서는 '딸'이 아니라 '아들'입니다. 상황에 맞게
제가 단어를 바꾸었습니다.

3.

사람들은 교사가 보람이 있는 직업이라고 생각합니다. 보
람 있지 않냐고 물으면 처음엔 그렇다고 대답했던 것 같습
니다. 요즘엔 가끔 글쎄요, 하고 대답합니다. 학교에는 여러
종류의 학생들이 있고 손길이 많이 필요한 학생이 있습니
다. 이런 학생에게 교사는 애를 많이 씁니다. 자주 상담을
하고 칭찬도 하고, 뭐 도와줄 게 없나 살피고 방과 후에 짜
장면을 같이 먹으러 가기도 합니다.

운이 좋으면 학생은 좋아집니다. 교사는 보람을 느끼겠지
요. 그런데 그 학생이 다음 학년으로 올라가면 그 학생과 얼
굴과 이름은 다른데 나머진 똑같은 학생이 올라옵니다. 그

학생과 대화하고 밥도 같이 먹고 친해져서 그 학생을 괜찮은 학생으로 만들고 나면 다음 해 다시 또 얼굴은 다르고 이름은 다른데 손길이 그만큼 필요한 학생이 나타납니다.

이런 일이 매년 반복되고 수십 년 반복된다면 보람 있다고 할 수 있을까요? 마냥 제자리 같습니다.

문제는 아무리 해도 변하지 않는 학생을 만났을 때입니다. 일 년 내내 친구와 싸우고, 왜 싸웠니 물으면 남 탓을 하고 친구에게 욕하지 말라고 해도 계속 욕하고, 자기를 돌아보는 글을 쓰라고 하면 왜 써야 하냐고 버티는 학생 때문에 힘들어하는 교사와 이야기를 나눈 적이 있습니다.

그 선생님께는 이런 시를 드렸습니다.

자세히 보아야
예쁘다

오래 보아야
사랑스럽다

너도 그렇다.

"너무 예쁜 시인데 요즘의 저와는 어울리지 않는 것 같아요."

"이 시는 반대로 말한 것일 수도 있어요."

"반어법이요?"

"네, 예쁜 학생을 보고 쓴 시가 아니라 말썽꾸러기를 보면서 쓴 시라고 읽어 보세요. 자세히 봐도, 오래 봐도 예쁘지 않은. 그렇게 읽으면 학생을 꾹꾹 참아내고 있는 교사의 모습이 보이지 않나요?"

나태주 시인은 이런 이야기를 한 적이 있습니다.

"가끔은 자기 자식도 예쁘지 않습니다. 그런데 남의 자식이 언제나 예쁠 수는 없지요. 아이들이 예쁜 것은 예쁘게 봐 주기 때문에 예쁜 거예요."

아이들을 예쁘게 봐 주려고 노력하고 있는 사람. 그런 사람이 교사입니다.

4.

성적이 잘 나오지 않는 학생이 있었습니다. 이상하게 그 학생이 좋았습니다. 그 학생도 저를 싫어하지 않았던 것 같습니다. 그래서 우리는 함께할 수 있었지요. 가끔 그 학생을 불러서 국어책을 펴게 한 다음 학습활동에 무엇을 적어 놓았는지 살펴보고 질문이 없는지 물었습니다. 학생은 단어의 뜻을 물어보기도 하고 이해가 안 되는 것에 대해 말했습니다. 잘 읽고 잘 설명할 줄 아는 아이였습니다.

이게 뭐지? 하고 물어봐 주는 사람이 없었기 때문에 그것에 대해 알려고 하지 않았던 학생 같았습니다. 물어봐 주기 시작하자, 아는 것이 늘어나는 게 보였습니다.

"모든 시험을 다 잘 보려고 하지 마. 이번엔 국어 하나만 잘 보려고 해 보자. 잘 보는 것도 대단한 게 아니야. 지난번엔 열 개 맞혔다면 이번엔 열한 개나 열두 개 맞힌다고 생각해. 그럼 어제보다 나아진 거야."

기말고사에서 그 학생은 중간고사 이상의 성적을 거두었습니다. 국어에서만은요.

저는 그 학생이 작은 성취감을 맛보았으면 했습니다. 작은 성취감 같은 것을 경험해 보지 않았기 때문에 앞에 무엇이 있는지, 본인의 잠재력이 무엇인지 모르는 것 같았습니다. 조금만 도와주면 잘할 수 있는데 그 조금의 도움을 못 받고 있었습니다.

큰 꿈만 꿀 필요는 없습니다. 작은 꿈을 꾸고 그것을 이루고 그렇게 쌓아 가다 보면 큰 꿈 앞에 닿는 거라고 생각합니다.

나태주 시인은 "너무 잘하려고 애쓰지 마라/오늘 일은 오늘로 충분했다… 조그마한 성공도 성공이다"라고 시에 적었습니다.

그 학생에게 주고 싶었던 시는 나태주 시인이 북해도 여행의 경험을 적은 시였습니다. 시인은 그곳에서 '소년이여 대망을 가져라', 라는 문장을 봅니다. 하지만 시인은 시를 그렇게 마무리하지 않습니다.

> 나는 이제 그 문장을 고쳐서 말하고 싶다
> 소년이여 조그만 꿈을 지녀라
> 조그만 꿈을 가지고 끝내 그 꿈을 이루어라
> 그것이 진정으로 그대의 성공이다.

5.

청소 당번인데 청소를 못하는 학생이 있었습니다. 몇 번 시범을 보여도 못하기에 혹시 집에서 네 방 청소를 누가 하는지 물었습니다.

"엄마가 하는데요."

"언제나?"

"네."

전화를 걸어 보니 사실이었습니다.

"어머니, 앞으로는 본인 방은 본인이 청소할 수 있게 지도해 주세요." 하고 전화를 끊었습니다.

분리수거를 잘하는 학생이 있는데 또 분리수거를 안 하는 학생들이 있습니다. 일반 쓰레기와 재활용 쓰레기를 구분하지 않고 그냥 쓰레기통에 다 집어넣습니다. 예전에는 쓰레기통을 엎어서 학생들에게 일일이 골라내게 했는데 지금은 그렇게 하지 못합니다. 세상이 변했습니다. 교육을 위해서라도 그렇게 해야 할 것 같은데 그렇게 못하게 되었습니다.

학교에서는 환경 교육이 강화되고 있습니다. 지구는 어른들의 것이기도 하지만 청소년이 더 오래 살아가야 할 공간이기 때문입니다.

학생들과 함께 기후 변화를 다룬 다큐를 시청한 적이 있습니다. 시베리아의 아이가 얼음에 구멍을 뚫고 라이터를 켜자 불이 붙었습니다. 신기하고 재밌다며 아이들이 웃고 있었습니다. 불이 붙는 이유는 메탄 때문인데, 얼음이 녹아서 그것이 밖으로 나오는 것이었습니다. 아이들의 웃음은 순진했습니다. 멋도 모르고 웃고 있는 것이니까요.

시청이 끝나고 아이들에게 물었습니다.

"나는 준다, 의 미래형은 뭘까?"

"나는 줄 것이다?"

작은 소리가 들렸습니다.

문법으로 따지자면 정답입니다. 그러나 제가 마련해 둔 정답은 아니었습니다.

"나는 준다, 의 미래형은 나는 받는다, 야."

똑똑한 아이는 알고 있습니다. 우리가 준 것들이 돌아오고 있다는 것을. 나태주 시인은 지구가 아프다고 말합니다.

그래서 사람이 아픈 거라고.

> 지구는 오래 살아 할아버지다
> 사람들이 괴롭혀서
> 많이 앓고 계시는구나
> 신음까지 하고 계시는구나
> 그 마음에 가서 악수한다
> 아프셔요? 많이 아프셔요?
> 그래그래, 나도 많이 아프단다.

나태주 시인은 사랑한다는 말 대신 하는 말이 "우리 오래 만나자"라고 합니다. 사랑한다는 말을 하기가 쑥스러운 사람은 그렇게 말해도 된다고 합니다. 사랑하겠다는 말 대신 하는 대답도 "우리 함께 오래 있어요"라고 합니다.

우리는 지구에게 그렇게 말할 수 있어야 합니다.

사랑은 명사가 아니라 동사입니다. 그냥 말로만 하는 것이 아니라 행동으로 보여 주는 것이기에. 앞으로는 학생들이 분리수거도 잘하고 자기 주변 청소도 잘하기를 바라는 마음입니다. 그래서 지구와 인간이 서로의 아픔에 공감하는 위의 시를 교실 뒤에 붙였습니다.

6.

나태주 시인에 대해서는 달리 설명할 필요가 없습니다. 학생들도 모르는 아이가 없습니다. 방탄소년단과 세븐틴이 선생님의 시집을 들고 다니면서 추천할 정도였으니까요. 드라마에도 나오고 노래로도 불리고 있습니다. 최근에는 임영웅이라는 가수가 신곡을 발표하며 나태주 시인의 시에서 영감을 받았다고 전했습니다.

아버지가 무뚝뚝해서 싫다고 말하는 학생에게는 아버지란 "네모지고 딱딱한 이름"일 수 있다고 알려 줍니다.

학부모 상담을 하다 보면 자녀에게 미안한 마음을 가진 부모들이 있습니다. 그럴 때 「최소한의 아버지」란 시가 생각납니다. "누군가의 아들/누군가의 형제/누군가의 친구/누군가의 이웃으로 살면서//직장인, 사회인,/가장 많이 마음을 주고 산 것은 시인//그러다 보니 작아질 대로/작아진 마음/최소한의 아버지/초라한 남편…"

저는 학생들을 만나며 상황에 맞는 시를 적어 주는 일을 하고 있습니다. 자기가 하고 싶은 이야기를 대신해 주거나, 새로운 세계를 보여 주는 시가 좋은 시라고 생각합니다. 그런 점에서 나태주 시인은 훌륭한 시인입니다.

청소년 시집이라 엮었지만 이 책은 청소년과 교사, 학부모가 공감할 수 있는 시집입니다. 교사로서, 부모로서, 청소년기를 보내 본 인간으로서, 땅에 발을 디딘 지구인으로서 살아온 이력이 시에 반영되었기 때문입니다.

쉬운 말로 큰 공감을 이루어낸 작품을 한 권의 책으로 엮어 여러분께 드립니다.

독서활동지

▷ 이 책을 읽고 어떤 기분, 어떤 사람, 어떤 계절의 풍경이 떠올랐나요.

▷ 내가 좋아하는 친구에게 읽어 주고 싶은 시는 어떤 것인가요.

▷ 부모님과 함께 읽고 싶은 시는 어떤 것인가요.

▷ 속상할 때 읽고 위로가 된 시는 어떤 것인가요?

▷ 내가 좋아하는 친구의 이름을 따 짧은 시(이행시, 삼행시, 사행시)를 지어 볼까요.

▷ 이 책에서 인상적인 시구절을 넣어 그림(또는 만화)으로 표현해 볼까요.

▷ 이 책의 제목은 "나는, 그냥 내가 되고 싶어요"입니다.
만약에 내가 이 책의 제목을 짓는다면 무엇이라고 지을까요?

▷ 나태주 시인은 "저녁때 돌아갈 집이 있다는 것" "힘들 때 마음속으로
생각할 사람 있다는 것" "외로울 때 혼자서 부를 노래 있다는 것"이
'행복'이라고 이야기합니다. 나는 어떤 때에 행복하다고 느끼나요.

나는, 그냥 내가 되고 싶어요

2023년 9월 1일 1판 1쇄 펴냄
2024년 10월 23일 1판 3쇄 펴냄

지은이	나태주
엮은이	하상만
펴낸이	김성규
편집	김안녕 한도연
디자인	신아영
펴낸곳	쉬는시간
주소	서울 마포구 동교로17길 65, 501호
전화	02 323 2604
팩스	02 323 2603
등록	2019년 9월 3일 제2022-000287호

ISBN 979-11-984300-1-4 44810
ISBN 979-11-984300-0-7 (세트)